Y
ROCED
RASIO

THE ROCKET RACING CAR

MEGAFODURON JAC
JACK'S MEGA MACHINES

Y ROCED RASIO
THE ROCKET RACING CAR

ALISON RITCHIE & MIKE BYRNE

ADDASIAD GAN
ADAPTATION BY OWAIN SIÔN

www.rily.co.uk

Roedd Jac y Mecanig wrthi'n gynnar yn gweithio yng ngweithdy Seren Wib. Roedd e'n gweithio ar gar arbennig iawn – car rasio TYRBO! Jac oedd mecanig gorau'r fro. Gallai drwsio unrhyw beth.

Ymhen dim o dro roedd e wedi trwsio'r tolc yn yr ochr, cywiro'r olwyn lywio a rhoi polish nes ei fod yn sgleinio. Nawr roedd hi'n amser i brofi'r car!

Roedd gweithdy Seren Wib yn llawn hud a lledrith. Bob tro y byddai Jac yn gyrru car allan drwy ddrws y gweithdy, byddai'n cael antur gyffrous. "O'r gorau, Mot, neidia i mewn," meddai wrth ei gi. Cyfarthodd Mot a siglo'i gynffon.

Taniodd Jac yr injan –

Agorodd drysau'r gweithdy gyda CHLONC uchel
a gwibiodd y car coch sgleiniog i'r . . .

"Waw! Edrych ar hyn!" chwarddodd Jac. Cododd y car rasio yn uwch ac yn uwch a gwibio'n igam-ogam rhwng y planedau, nes i Jac weld arwydd yn fflachio.

CROESO I RAS OFOD Y GALAETHAU!

"Ras ofod go iawn!" ebychodd Jac. "Bant â ni!"
Â'r brêcs yn gwichian, glaniodd y car yn y stadiwm.

Roedd y lle dan ei sang o foduron gofod ac yn llawn
arallfydwyr o bob lliw a llun – rhai pigog, rhai seimllyd,
rhai smotiog, rhai miniog tal a rhai bach crwn wobli.

Allai Jac ddim credu ei lygaid.

Yn sydyn, carlamodd creadur â dau ben atyn nhw.

"Mae'r ras ar fin dechrau," meddai.

"Mae 'na le i un car arall. Dilynwch fi – glou!"

Cyn i Jac gael cyfle i feddwl, roedd e wrth y llinell gychwyn rhwng tacsi-gofod smotiog ac anghenfil-dryc ANFERTHOL.

Llyncodd Jac ei boer yn nerfus wrth i bum set o oleuadau traffig
lliw ddangos bod y ras ar gychwyn. . .

GWIB!

Gwasgodd ei droed yn galed ar y sbardun
a saethodd y roced rasio ymlaen fel mellten.

Gwibiodd Jac a Mot heibio i sawl bygi lleuad, cert hofran a lorri gomed. Roedden nhw yn yr ail safle!

Ond pan oedden nhw ar fin mynd heibio i'r anghenfil-dryc . . .

llithrodd hwnnw oddi ar y trac!

Trodd Jac ei gar oddi ar y trac. "Mae'r teiars wedi byrstio!"
meddai'r arallfydyn yn drist.
"Paid â phoeni, mi wna i dy helpu di," meddai Jac.

Ar ôl iddyn nhw drwsio'r deg teiar,
neidiodd Jac i'w gar roced
a sgrialu i ailymuno â'r ras.

Roedd llawer o waith ganddo i adennill tir,
ond gallai'r car yma wneud gwyrthiau!

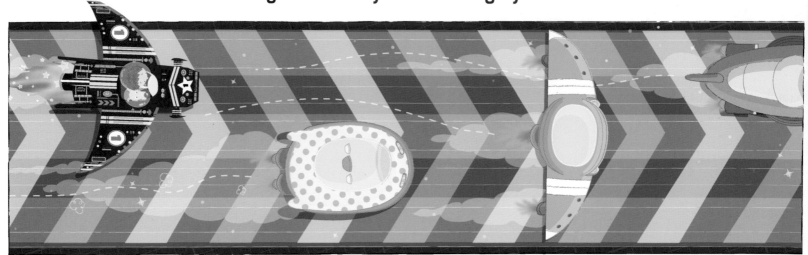

Roedd Jac y tu ôl i'r tacsi-gofod smotiog
wrth i hwnnw ddechrau troi mewn cylchoedd.

"Mae gen ti broblem efo'r olwyn lywio!" gwaeddodd Jac. "Mi wna i dy helpu di!"

Gwichiodd car Jac
wrth stopio'n sydyn.
Cydiodd mewn sbaner o'i focs offer.

Trwsiodd y tacsi-gofod mewn chwinciad.
Toc, roedd yn rhuthro ar hyd y trac unwaith eto!

Sgrialodd Jac at ochr gwibgert gofod.

Roedd ar fin mynd heibio pan gododd cwmwl o fwg ohono.
Rhoddodd Jac oleuadau rhybudd ymlaen, neidio o'i gar a mynd draw ato.

"Mae'r injan wedi gorboethi. Bydd angen gadael iddi oeri," meddai
wrth y Mawrthyn bach. "Dere gyda ni i orffen y ras yn ein car rasio coch."

Yn ôl ar y trac, roedden nhw gymaint ar ei hôl hi fel na allai Jac weld y cerbydau rasio eraill. "Enillwn ni byth!" cwynodd y Mawrthyn. Er mwyn ceisio codi ei galon, siglodd Mot ei gynffon a'i tharo hi'n erbyn botwm mawr coch ar banel rheoli'r car.

WWWWWWSH

Saethodd y car roced fel cath i gythraul heibio'r holl geir rasio eraill!

Cyn pen dim, roedden nhw ar y blaen,
ac yn brwydro benben â saethwr sonig.
Roedd y llinell derfyn o fewn cyrraedd . . .

Roedd y faner ddu a gwyn yn chwifio. Croesodd y roced rasio a'r saethwr sonig y llinell derfyn union yr un pryd. Ond pwy oedd wedi ennill? Bu'n rhaid aros i weld llun o ddiwedd y ras!

Roedd Jac ar bigau'r drain wrth aros i'r arallfydyn gwyrdd gyhoeddi'r canlyniad. O'r diwedd, cododd y megaffon at ei geg. "Dyna'r ras agosaf erioed!" meddai. "Ond mae'r llun yn dangos mai enillydd Ras Ofod y Galaethau eleni, o drwch blewyn, ydy . . .

y roced rasio!"

"Go dda, Mot," meddai Jac, "dwi'n credu i ti ddod o hyd i'r botwm tyrbo!"
Cyflwynodd y Mawrthyn y tlws i Jac. "Llongyfarchiadau!
A diolch am ein helpu ni i gyd! Hwrê i Jac y Mecanig Medrus!"
A dyna'r holl arallfydwyr yn clapio a gweiddi enw Jac.

Cyn bo hir, roedd hi'n bryd i Jac a Mot fynd adre.
Ffarwelion nhw â'u ffrindiau newydd, neidio i'r car,
a gwibio am adre drwy'r gofod i weithdy Seren Wib.

"Ffiw! Dyna antur, Mot.
Hwn ydy'r cerbyd rasio gorau erioed!

28

Ac edrych be sydd gen i – Bisgedi **ROCEDI**
i gi sy'n **ROCEDWR O FRI!**"

I Lucy

– AR

I Wifey

– MB

Cyhoeddwyd gan **RILY** Publications Ltd, Blwch Post 20, Hengoed CF82 7YR

Hawlfraint yr addasiad © 2013 RILY Publications Ltd

Addasiad Cymraeg gan Owain Siôn

ISBN 978-1-84967-150-7

Cyhoeddwyd yn wreiddiol yn Saesneg fel

Jack's Mega Machines: The Racing Rocket Car

gan Simon & Schuster UK Limited

Cysyniad © 2012 Simon and Schuster UK

Hawlfraint y testun © 2012 Alison Ritchie

Hawlfraint y darluniau © 2012 Mike Byrne

Argraffwyd yn China

www.rily.co.uk

THE ROCKET RACING CAR

4   Mechanic Jack was up early at Rally Road workshop. He had a very special car to mend – a TURBOCHARGED racing car! Jack was the best mechanic for miles around. He could fix anything.

5   In no time he had mended a dent in the wing, fixed the steering and polished the bodywork. The car was ready for a test drive!

6   Rally Road workshop was magic. Every time Jack drove out through the doors, he had a thrilling adventure! "OK, Riley, hop in," he told his dog. Riley barked and wagged his tail. Jack started the engine—

7   VVVRRROOOOM!!

With a loud CLUNK the workshop doors flew open and the shiny red car zoomed off into . . .

8   SPACE!

9   "Wow! Just look at this!" Jack chuckled. The racing car whizzed higher and higher, zig-zagging between planets, until Jack spotted a flashing sign . . .
WELCOME TO THE INTERGALACTIC SPACE RACE!

10   "A proper space race!" gasped Jack. "Let's go!" With a screech of brakes, he landed the car inside a stadium. It was packed with space vehicles and swarming with aliens of every shape and size – spiky, slimy and spotty ones, long pointy ones and small, round wobbly ones. Jack couldn't believe his eyes.

11   Just then, a two-headed creature charged over. "You're just in time!" he said. "The race is about to begin, and we are one car short! Quick – follow me!"

12   Before Jack had time to catch his breath, he found himself at the start line between a spotty spacecab and an ENORMOUS milky way monster truck.

13   Jack gulped nervously as five sets of red lights went on one by one to signal the start of the race . . . He pressed down hard on the accelerator pedal and the rocket racing car blasted off like a torpedo.

14   Jack and Riley whizzed past moon buggies, hovercarts and comet-crawlers. Riley barked in excitement. They were in second place! But just as they were about to overtake the monster truck . . .

15   it skidded straight off the track!

16   Jack pulled over. The sad-looking alien cried, "My tyres have burst!" "Don't worry, I'll help you," said Jack.

17   Once they'd fixed all ten tyres, Jack jumped into the rocket racing car and tore off back into the race.

18   There was a lot of ground to make up but if any car could catch up, this car could! Jack was right behind the spotty spacecab when it started to spin around. "You've got a problem with your steering!" he shouted. "I'll help!"

19   He screeched to a stop and grabbed a spanner from his toolbox. He mended the spacecab in a jiffy. Soon they were both hurtling along the track again!

20   Jack zoomed up alongside a galactic go-kart. He was about to overtake when suddenly a cloud of smoke filled the air. Jack flashed his warning lights, then leaped out of his car and ran over. "The engine is overheating. You'll have to let it cool down," he told the little Martian. "Why don't you finish the race in the red racing car with us?"

21   Back on the circuit, the rocket car was so far behind, Jack could hardly see the other racers. "We'll never catch up!" moaned the Martian. Riley wagged his tail to cheer him up, and knocked a big red button on the dashboard.

22   WOOOOOSH

The rocket racing car took off at supersonic speed and began to streak past all the other racers!

23   Soon it was in the lead, neck and neck with a sonic soarer. The finish line was just around the corner . . .

24   The black and white flag came down. The rocket racing car and the sonic soarer flew over the line together. But who was the winner? It was a photo finish!

25   Jack waited anxiously for the green alien to announce the result. At last, he picked up his megaphone. "This was the closest race ever!" he said. "But the photo finish confirms that by a nanosecond, the winner of this year's Intergalactic Space Race is . . .

26   the rocket racing car!"
"Well done, Riley," said Jack, "I think you found our super booster button!" The Martian handed a trophy to Jack. "Congratulations! And thank you for helping us all! Three cheers for Miraculous Mechanic Jack!" All the aliens were clapping and chanting Jack's name.

27   Soon it was time for Jack and Riley to go home. They said goodbye to their new friends, jumped into the car, and streaked through space back to Rally Road workshop.

28   "Phew! What an adventure, Riley. This car really is the ultimate racing machine!

29   And look what I've found – SUPERSONIC Space Chews for a SUPERSONIC dog!"

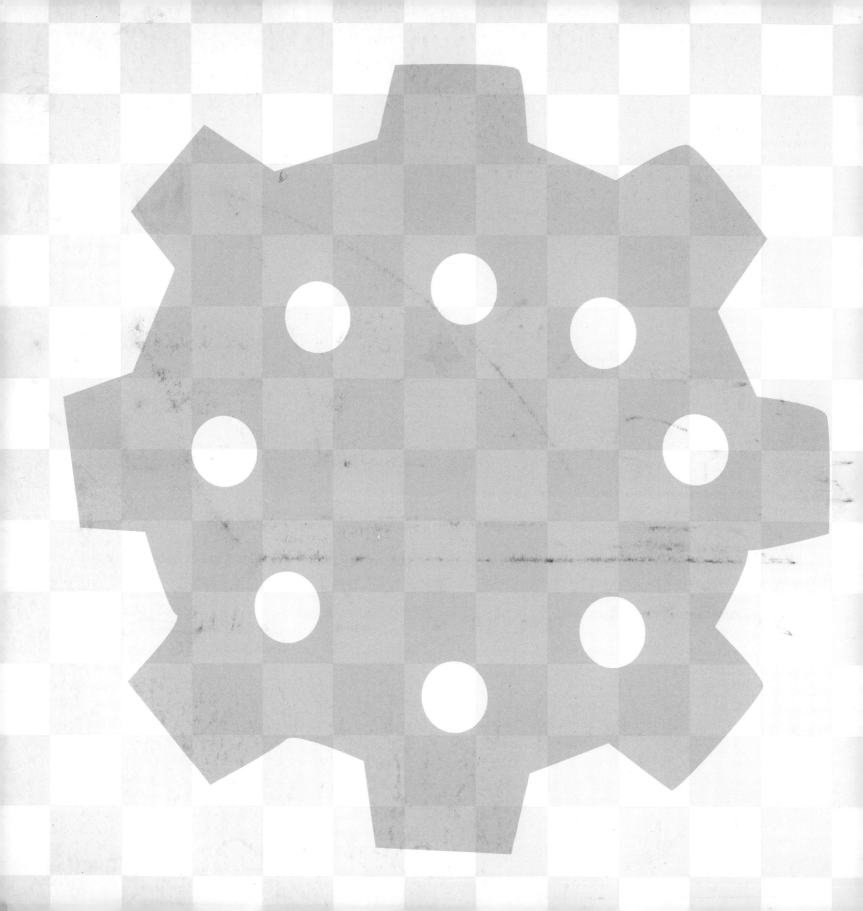